HÉSIODE ÉDITIONS

ARTHUR CONAN DOYLE

Les Os

Hésiode éditions

© Hésiode éditions.

1 rue Honoré - 93500 Pantin.
ISBN 978-2-38512-147-1
Dépôt légal : Janvier 2023

Impression Books on Demand GmbH

In de Tarpen 42
22848 Norderstedt, Allemagne

Les Os

I

La cabane d'Abe Durton n'était point belle.

On a entendu des gens affirmer qu'elle était laide, et morne, suivant l'exemple des gens de l'écluse de Harvey, aller jusqu'à faire précéder leur adjectif d'un explétif plein d'expression qui soulignait leur appréciation.

Mais Abe était un homme impassible, qui allait son train, et pour l'esprit duquel les commentaires d'un public dépourvu de goût ne faisaient guère d'impression.

Il avait bâti lui-même la maison.

Elle faisait son affaire et celle de son associé ; leur fallait-il quelque chose de plus ?

À vrai dire, il montrait quelque susceptibilité sur ce point.

– Quoique je dise que c'est moi qui l'ai bâtie, remarquait-il. Elle est bien préférable à tous les hangars de la vallée.

Des trous ? mais oui, naturellement ; est-ce que vous prétendriez avoir de l'air frais sans qu'il y ait des trous ? Ça ne sent pas le renfermé chez moi.

La pluie ? Eh bien, si elle laisse entrer la pluie, n'est-ce pas un avantage de savoir qu'il pleut sans avoir à ouvrir la porte.

Je ne voudrais pas d'une maison qui ne laisserait pas passer l'eau quelque part.

Quant à être un peu écartée de la perpendiculaire, eh bien, il ne me déplaît pas qu'une maison penche un peu de côté.

En tout cas elle plaît à mon camarade, le patron Morgan, et ce qui est bon pour lui est assez bon pour vous, je suppose.

Et alors son interlocuteur, sentant venir les arguments ad hominem, s'esquivait ordinairement, et laissait l'architecte indigné maître du champ de bataille.

Mais si différentes que pussent être les opinions quant à la beauté de l'édifice, il n'y en avait qu'une au sujet de son utilité.

Pour le voyageur fatigué, après une marche pénible de la route de Buckhurst dans la direction de l'Écluse de Harvey, la belle lueur qui brillait au sommet de la hauteur était comme un phare d'espoir et de confort.

Ces mêmes trous, dont parlaient les voisins narquois, contribuaient à répandre au dehors une joyeuse atmosphère de lumière, qui était deux fois la bienvenue en un soir comme celui-ci.

Il n'y avait qu'un homme à l'intérieur de la hutte.

C'était le propriétaire, Abe Durton, en personne, ou « Les Os », comme on l'avait baptisé d'après les règles primitives du blason en usage au camp.

Il était assis devant le grand feu de bois, contemplant d'un air farouche les profondeurs brûlantes, et donnant de temps à autre un coup de pied à un fagot en manière de leçon dès que ce fagot faisait mine de se consumer en cendres.

Sa figure de saxon au teint clair, aux yeux naïfs et hardis, à la barbe blonde et frisée, se dessinait en un contour découpé nettement sur l'obscurité, quand la lumière fantasque s'y jouait.

C'était celle d'un homme viril, résolu.

Cependant, un physionomiste aurait pu découvrir, dans le dessin de la bouche, des indices qui trahissaient je ne sais quelle faiblesse, une indécision qui contrastait étrangement avec ses épaules d'Hercule et ses membres massifs.

Cette faiblesse d'Abe, c'était d'être une de ces natures confiantes, simples, qui sont aussi aisées à mener que difficiles à faire marcher, et cette heureuse flexibilité de caractère avait fait de lui en même temps le jouet et le favori des habitants de l'Écluse.

Dans cette colonisation primitive, le badinage avait des allures assez lourdes, et cependant, si loin qu'on poussât la blague, on n'était jamais arrivé à faire prendre à la physionomie de « Les Os » un air sombre, à faire naître en son brave cœur une méchante pensée.

C'était seulement quand il se figurait qu'on mettait en jeu son aristocratique associé, que l'on voyait sa lèvre inférieure prendre une contraction de mauvais augure et qu'un éclair de colère dans ses yeux bleus obligeait le plaisant le plus incorrigible de la colonie à rentrer jusqu'à l'apparence de sa raillerie préférée et à bifurquer vers une dissertation sérieuse et absorbante sur le temps qu'il faisait.

— Le patron est en retard ce soir, murmura-t-il en se levant et s'étirant en un bâillement de géant. Par mes étoiles ! quelle pluie, quel vent ! N'est-ce pas, Blinky ?

Blinky était une chouette pleine de réserve, à l'humeur méditative, dont le confort et le bien-être étaient pour son maître un sujet de sollicitude constante, et qui, en ce moment même, le contemplait gravement, perchée sur une des solives du toit.

— C'est dommage que vous ne sachiez parler, Blinky, reprit Abe, en jetant un coup d'œil à sa compagne emplumée, car il y a terriblement de raison dans votre figure. Et aussi pas mal de mélancolie, on le dirait. Amour malheureux, peut-être, quand vous étiez jeune… À propos d'amour, ajouta-t-il, je n'ai pas vu Suzanne de la journée.

Il alluma la bougie plantée dans une bouteille noire sur la table, traversa la chambre et alla considérer d'un air grave une des nombreuses gravures des journaux illustrés qui s'étaient égarés par là, où elles avaient été découpées par les habitants de la maison et collées au mur.

La gravure qui attirait particulièrement son attention représentait une actrice au costume très voyant, qui, un bouquet à la main, minaudait devant un auditoire imaginaire.

Ce dessin avait, pour je ne sais quel motif insondable, fait une impression profonde sur le cœur sensible du mineur.

Il avait conçu à l'égard de la jeune personne un intérêt tout humain, et sans que rien l'y autorisât, il l'avait baptisée Suzanne Banks, et avait fait d'elle son idéal de la beauté féminine.

— Vous voyez ma Suzanne, disait-il, quand un voyageur venant de Buckhurst ou même de Melbourne décrivait les charmes d'une Circé qu'il avait laissée là-bas. Il n'y a pas de jeune fille comparable à ma Suz. Si jamais vous retournez au vieux pays, ne manquez pas de demander à la voir. Suzanne Banks, c'est son nom, et j'ai trouvé son portrait, que j'ai mis dans la cabane.

II

Abe était encore à la contemplation de sa charmeuse, quand la grossière porte s'ouvrit.

Un nuage aveuglant de rafale et de pluie pénétra dans la cabane, cachant presque entièrement un jeune homme, qui avança d'un bond et se mit en devoir de fermer la porte derrière lui, opération que la violence du vent rendait assez malaisée.

On aurait pu le prendre pour le génie de la tempête, avec l'eau qui ruisselait de sa longue chevelure et coulait sur sa figure pâle et distinguée.

– Eh bien, dit-il, d'une voix légèrement boudeuse, n'avez-vous rien préparé pour souper ?

– Il est prêt à servir, dit gaiement son compagnon, en montrant une grande marmite qui bouillait près du feu. Vous avez l'air un peu mouillé.

– Peste ! un peu mouillé ! je suis trempé, ami, je suis inondé jusqu'aux os. C'est une nuit à ne pas mettre un chien dehors, du moins un chien pour lequel j'aurais quelque respect. Passez-moi cet habit sec qui est suspendu au clou.

Jack Morgan, ou le patron, comme on l'appelait, appartenait à une classe plus nombreuse qu'on ne l'eût supposé à l'époque de la ruée qui avait marqué les commencements.

C'était un homme de bonne famille, qui avait reçu une éducation libérale, un gradué d'une université anglaise.

Le patron aurait, suivant le cours naturel des choses, été un vicaire énergique.

Il aurait cherché à faire son chemin dans les carrières libérales, sans certains traits cachés de son caractère qui avaient fait irruption au dehors, et qui avaient bien pu lui être légués en héritage par le vieux sir Henry Morgan, l'homme qui avait fondé la famille, grâce à quelques pièces de huit vaillamment conquises dans des batailles navales.

C'était évidemment ces quelques gouttes de sang aventureux qui l'avaient poussé à quitter, en sautant par la fenêtre de la chambre à coucher, le presbytère vêtu de lierre, à abandonner le home et les amis, pour venir en Australie, tenter la fortune, le pic et la pelle à la main dans les plaines australiennes.

Les rudes habitants de l'Écluse de Harvey n'avaient pas tardé à apprendre qu'en dépit de sa figure féminine et de ses manières précieuses, ce petit homme possédait un courage froid, une résolution invincible, grâce auxquels il avait conquis ce respect dans une réunion d'hommes où l'audace était regardée comme la plus élevée des qualités humaines.

Personne d'entre eux ne savait comment Les Os et lui étaient devenus associés, et pourtant ils l'étaient, associés, et l'homme le plus vigoureux, dans sa simple et sympathique nature, éprouvait un respect presque superstitieux envers son compagnon à l'esprit clair et décidé.

– Voilà qui va mieux, dit le patron en se laissant tomber dans la chaise devenue libre devant le feu, et regardant Abe qui mettait le couvert, deux assiettes de métal, des couteaux à manches de corne et des fourchettes aux dents de longueur anormale.

– Enlevez vos bottes de mineur, dit Les Os. Ce n'est pas la peine d'emplir la cabane de terre rouge... Venez vous asseoir.

Son gigantesque associé s'approcha d'un air humble et s'assit sur un baril.

– Qu'y a-t-il de nouveau ? demanda-t-il.

– Les actions montent, dit son compagnon, voilà ce qu'il y a. Regardez ça. Et il tira de la poche de son habit fumant un numéro de journal froissé : voici la Sentinelle de Buckhurst. Lisez cet article ; celui qui se rapporte à un filon qui donne un bon rendement dans la mine de Conemara. Nous sommes fortement engagés dans l'affaire, mon garçon. Nous pourrions vendre aujourd'hui et faire quelque bénéfice, – mais je crois qu'il vaut mieux attendre.

Pendant qu'il parlait, Abe déchiffrait laborieusement l'article en question, en suivant les lignes avec son gros index et marmottant sous sa moustache couleur de rouille.

– Deux cents dollars le pied ! dit-il en relevant la tête. Eh ! camarade, nous avons cent pieds chacun. Ça nous ferait vingt mille dollars. Avec ça on pourrait retourner au pays.

– Quelle sottise ! dit son compagnon. Nous l'avons quitté pour venir ramasser ici un peu mieux qu'un misérable millier de livres. L'affaire doit devenir encore meilleure. Sinclair, l'essayeur, s'est rendu sur place et il dit qu'il a là une des couches de quartz les plus riches qu'il ait jamais vues. C'est le moment de faire l'acquisition de machines à broyer. À propos, quel est le résultat de la journée ?

Abe tira de sa poche une petite boîte de bois et la tendit à son camarade.

Elle contenait la valeur d'une cuillère à thé de sable et un ou deux petits grains métalliques de la grosseur d'un pois tout au plus.

Le patron Morgan se mit à rire et la rendit à son associé.

– À ce compte-là, nous ne ferons pas notre fortune, Les Os, dit-il.

Et il y eut une pause dans la conversation, pendant que les deux hommes écoutaient le vent qui tournait la petite cabane en hurlant et sifflant.

– Et des nouvelles de Buckhurst ? dit Abe en se levant, et se mettant en devoir d'extraire le contenu de la marmite.

– Pas grand-chose, dit son compagnon. Joe-à-l'œil-de-coq a été tué d'un coup de feu par Billy-Reid dans le magasin de Mac Farlane.

– Ah ! dit Abe d'un air vaguement intéressé.

– Les coureurs de la Brousse sont en campagne et arrivés presqu'à la gare de Rochdale : on dit qu'ils vont se montrer par ici.

Le mineur sifflota en versant un peu de whisky dans une cruche.

– Rien de plus ? demanda-t-il.

– Rien d'important, sinon que les Noirs se sont un peu fait voir par là-bas vers la route de Sterling, et que l'essayeur a acheté un piano, et qu'il va faire venir sa fille de Melbourne, pour s'établir dans la maison neuve, de l'autre côté de la route. Ainsi, vous le voyez, mon garçon, nous aurons quelque chose à voir, ajouta-t-il en s'asseyant et attaquant le plat qui lui était servi.

– On dit que c'est une beauté, Les Os, reprit-il.

– Elle ne serait qu'un chiffon à coudre sur ma Suzon, répliqua l'autre d'un ton décidé.

Son associé sourit en regardant l'image aux couleurs criardes collée au mur.

Soudain il posa son couteau et parut écouter.

Au milieu du grondement furieux du vent et de la pluie, passait un son sourd et roulant qui évidemment ne venait pas de la lutte des éléments.

– Qu'est-ce que c'est ?

– Du diable ! si je le sais.

Les deux hommes se dirigèrent vers la porte et sondèrent attentivement l'obscurité du regard.

Bien loin sur la route de Buckhurst, ils entrevirent une lumière mobile et le son sourd s'accrut.

– C'est un buggy qui arrive, dit Abe.

– Où va-t-il ?

– Je ne sais pas. Sans doute il va traverser le gué.

– Mais, mon homme, il y aura six pieds d'eau au gué cette nuit et un courant aussi violent qu'une chute de moulin.

Maintenant la lumière était plus rapprochée. Elle se mouvait rapidement au tournant de la route.

On entendait un galop furieux avec le cahot des roues.

– Les chevaux se sont emportés, par le tonnerre ?

– Mauvaise affaire pour l'homme qui est dedans.

III

Il y avait chez les habitants de l'Écluse de Harvey un rude sentiment d'individualité, grâce auquel chacun supportait à lui seul le poids de ses mésaventures et sympathisait fort peu avec celles de son prochain.

Ce qui prédominait chez les deux hommes, c'était uniquement la curiosité, pendant qu'ils regardaient les lanternes se balancer, s'agiter à mesure qu'elles se rapprochaient sur les détours de la route.

– S'il n'arrive pas à se rendre maître d'eux avant qu'ils atteignent le gué, c'est un homme flambé, remarqua Abe Durton, avec résignation.

Une accalmie soudaine se fit dans le morne ruissellement de la pluie.

Elle ne dura qu'un moment, mais en ce moment-là, le vent apporta un long cri qui fit tressaillir les deux hommes, qui leur fit échanger un regard puis les lança à toutes jambes sur la pente raide qui descendait vers la route.

– Une femme, par le ciel ! fit Abe, d'une voix haletante, en franchissant d'un bond, dans sa hâte téméraire, la fosse d'une mine.

Morgan était le plus léger et le plus agile des deux.

Il eut bientôt devancé son athlétique compagnon.

Une minute plus tard, il était debout, haletant, la tête nue, dans la vase qui couvrait la route molle et détrempée, pendant que son associé descendait encore à grand-peine la pente très raide.

La voiture était presque sur lui à ce moment.

Il distinguait aisément, à la lumière des lanternes, le cheval australien au corps efflanqué, qui, terrifié par l'orage et le bruit qu'il faisait lui-même, se dirigeait à une allure folle vers le gué.

L'homme, qui conduisait vit sans doute devant lui la figure pâle et résolue de celui qui était debout sur la route, car il hurla quelques mots d'avertissement et fit un effort suprême pour retenir la bête.

Il y eut un cri, un juron, un bruit de craquement, et Abe, accourant en bas, vit un cheval emporté au dernier degré de fureur, qui se dressait avec rage, soulevant un corps svelte suspendu à la bride.

Le Patron, avec cette rapide intuition qui avait fait de lui, en son temps, le meilleur joueur de cricket, avait saisi la bride juste au-dessous du mors et s'y était cramponné avec une muette concentration de force.

Une fois, il fut projeté sur le sol par un choc violent et sourd, pendant que le cheval portait brusquement la tête en avant, avec un renâclement de triomphe, mais ce fut seulement pour s'apercevoir que l'homme, étendu à terre sous ses sabots de devant, maintenait son étreinte impitoyable.

– Tenez-le, Les Os, dit-il à un homme de haute taille qui se précipitait sur la route, et saisissait l'autre bride.

– Très bien, mon vieux, je le tiens !

Et le cheval, effrayé à la vue d'un nouvel assaillant, ne bougea plus, et resta tout frissonnant d'épouvante.

– Levez-vous, Patron, il n'y a plus de danger à présent.

Mais le pauvre Patron restait étendu, gémissant, dans la boue.

– Je ne peux pas, Les Os, dit-il, avec une certaine vibration dans la voix, comme celle de la souffrance. Il y a quelque chose qui ne va pas, mon vieux, mais ne faites pas de bruit. Ce n'est que le contrecoup. Donnez-moi un coup de main.

Abe se pencha tendrement sur son compagnon gisant.

Il put voir qu'il était très pâle et respirait difficilement.

– Du courage, Patron, murmura-t-il. Hallo ! mes étoiles !

Les deux dernières exclamations jaillirent de la poitrine du brave mineur comme si elles en étaient chassées par une force irrésistible, et tel fut son ébahissement qu'il recula de deux pas.

Là, de l'autre côté de l'homme à terre, à demi enveloppée de ténèbres, se dressait une forme qui, pour l'âme simple d'Abe, apparut comme la plus belle vision qui se fût jamais montrée sur terre.

Pour des yeux, qui n'ont été accoutumés à se reposer sur rien de plus captivant que les figures rougeaudes et les barbes en broussailles des mineurs de l'Écluse, il semblait que cette créature si blanche, si délicate ne put être qu'une passagère venue de quelque monde plus beau.

Abe la contempla avec un respect plein d'admiration, au point d'en oublier un moment son ami qui gisait contusionné sur le sol.

– Oh ! papa, dit l'apparition d'une voix fort émue, il est blessé, le gentleman est blessé.

Et avec un geste rapide de sympathie féminine, elle se pencha sur le corps gisant du patron Morgan.

– Tiens, mais c'est Abe Durton et son associé, dit le conducteur du buggy, en s'avançant, ce qui fit reconnaître la figure grisonnante de M. Joshua Sinclair, l'essayeur des mines. Je ne sais comment vous remercier, les gars. Cet infernal animal a pris le mors aux dents, et j'ai vu le moment où il me fallait jeter Carrie par-dessus bord et risquer ensuite la même chance.

– Cela va bien, reprit-il en voyant Morgan se remettre debout tout chancelant. Pas trop de mal, j'espère ?

– Maintenant, je suis en état de remonter jusqu'à la cabane, dit le jeune homme en s'appuyant à l'épaule de son associé. Comment ferez-vous pour conduire miss Sinclair chez elle ?

– Oh ! nous pouvons faire le trajet à pied, dit la jeune personne, qui secoua les dernières traces de sa peur avec toute l'élasticité de son âge.

– Nous pouvons remonter en voiture et suivre la route en contournant la rive de manière à écarter le passage à gué, dit son père. Le cheval a l'air tout à fait calmé à présent, et vous n'avez plus rien à en craindre, Carrie. J'espère que nous vous verrons tous les deux à la maison. Ni elle, ni moi, nous ne pourrons oublier l'événement de cette nuit.

Miss Carrie ne dit rien, mais elle trouva moyen de jeter un petit coup d'œil timide, plein de reconnaissance sous ses longs cils, un de ces coups d'œil qui eussent rendu l'honnête Abe capable d'arrêter une locomotive.

Puis on cria joyeusement bonne nuit. Le fouet claqua et le buggy disparut à grand bruit dans l'obscurité.

IV

– Vous m'avez dit, papa, que les gens étaient butors et sales, fit miss Sinclair, après un long silence, quand les deux ombres noires furent effacées dans le lointain, et que la voiture roulait tout le long de l'indocile torrent. Je ne le trouve pas. Ils me paraissent fort gentils.

Et Carrie fut d'une tranquillité inaccoutumée pendant le reste de son voyage, et elle parut prendre mieux son parti du destin qui l'éloignait de sa chère amie Amélie, restée là-bas bien loin, à la pension, à Melbourne.

Cela ne l'empêcha point d'écrire ce même soir à ladite jeune personne une longue lettre, franche, pleine de détails sur leur petite aventure.

« Ils ont arrêté le cheval, ma chère, et un de ces pauvres garçons a été blessé.

« Oh ! Amy, si vous aviez vu l'autre en chemise rouge, un pistolet à la ceinture.

« Je n'ai pu m'empêcher de penser à vous, ma chère.

« Il était juste ce que vous imaginiez. Vous vous rappelez ? Une moustache blonde et de grands yeux bleus.

« Et comme il me dévisageait, pauvre créature ! Vous n'avez jamais vu de gens pareils dans Burke Street, non, Amy. »

Et ainsi de suite quatre pages de ce joli gazouillement féminin.

Pendant ce temps, le pauvre Patron, rudement secoué, avait remonté la côte avec l'aide de son associé et regagné l'abri de la cabane.

Abe le soigna avec des remèdes empruntés à la modeste pharmacie du camp et lui banda son bras démis.

Tous deux étaient des gens peu loquaces.

Ni l'un ni l'autre ne fit allusion à ce qui s'était passé.

Néanmoins, Blinky ne manqua pas de remarquer que son maître oubliait de faire ses dévotions ordinaires du soir devant l'autel de Suzanne Banks.

Cet oiseau perspicace tira-t-il quelques conclusions de ce fait, ainsi que de cet autre que « Les Os », resta longtemps, l'air grave, à fumer, près du feu, qui allait s'éteignant ? Je ne sais.

Qu'il suffise de dire que la chandelle finit par s'éteindre, que le mineur se leva de sa chaise, que son amie emplumée descendit se percher sur son épaule, et que si elle ne lança point un ululement de sympathie, c'est qu'elle en fut empêchée par un signe d'avertissement qu'Abe lui fit du doigt et aussi par l'instinct des convenances, fort développé en elle.

V

Si un voyageur de passage était arrivé dans les rues tortueuses de la ville de l'Écluse de Harvey peu de temps après la venue de miss Sinclair, il aurait remarqué un changement considérable dans les manières et les costumes de ses habitants.

Était-il dû à l'influence bienfaisante qu'exerce la présence d'une femme, ou avait-il pour cause l'émulation que faisait naître l'extérieur brillant d'Abe Durton ?

Voilà qui est difficile à déterminer : probablement les deux causes y concouraient ensemble.

Il est certain que ce jeune homme avait senti soudain se développer en lui un goût de plus en plus prononcé pour la propreté, et des égards pour les conventions de la vie civilisée, qui provoquaient l'étonnement et les railleries de ses compagnons.

Que le patron Morgan prît quelque soin de son extérieur, c'était une chose qui avait été rangée depuis longtemps au nombre des phénomènes curieux et inexplicables, qui dépendent d'une première éducation, mais que ce grand dégingandé de « Les Os », avec son laisser-aller, paradât en chemise propre, c'était un fait que tous les barbons de l'Écluse regardaient comme un affront direct et prémédité.

En conséquence, et comme mesure défensive, il y eut une séance de débarbouillement général après les heures de travail.

L'épicerie fut envahie au point que le savon haussa jusqu'à un prix sans précédent et qu'il fallut en commander un réassortiment au magasin de Macfarlane, à Buckhurst.

– Est-ce que nous sommes ici dans un libre camp de mineurs ou dans une maudite école du dimanche ?

Ainsi se plaignait d'un ton indigné le grand Mac Coy, membre distingué du parti réactionnaire, homme qui avait persisté à marquer le pas, pendant que le temps marchait, car il avait été absent pendant la période de régénération.

Mais ses protestations ne trouvèrent que peu d'échos, et au bout de deux jours, l'aspect trouble de l'eau de la crique annonça sa capitulation, et elle fut confirmée par son apparition au Bar Colonial, où il montra une face luisante, d'un air embarrassé.

Sa chevelure exhalait un relent de graisse d'ours.

– Je me sens comme qui dirait dépaysé, dit-il du ton d'un homme qui s'excuse, mais j'ai voulu me rendre compte de ce qu'il y avait sous l'argile.

Et il se contempla d'un air approbateur dans le miroir fêlé qui embellissait la salle d'honneur de l'établissement.

Notre visiteur fortuit aurait également remarqué une modification dans les propos de la population.

En tout cas, dès que se montrait, même de loin, sous un certain petit chapeau fort coquet, une charmante et douce figure de fillette, parmi les puits hors de service et les amas de terre rouge qui déshonoraient les flancs de la vallée, on entendait des chuchotements de gens qui s'avertissaient, et aussitôt se dissipait partout le nuage de jurons, qui était, je regrette d'avoir à le constater, un trait caractéristique de la population travailleuse à l'Écluse de Harvey.

Pour que de telles choses arrivent, il ne faut qu'un commencement, et il fut facile de remarquer que longtemps après la disparition de miss Sinclair, il y eut un mouvement d'ascension dans le baromètre moral des fouilles.

Les gens reconnurent par expérience que leur stock d'épithètes était moins borné qu'ils ne s'étaient habitués à le croire, et que les moins salées étaient parfois les plus propres à exprimer leur pensée.

Abe avait été autrefois regardé, dans le camp, comme un des appréciateurs les plus expérimentés, de la valeur d'un minerai.

On était d'accord pour le croire capable d'estimer avec une exactitude remarquable la quantité d'or que contenait un fragment de quartz.

Toutefois, c'était là une erreur.

Sans quoi il n'eut point fait la dépense inutile de tant d'analyses d'échantillons sans valeur, qu'il le faisait maintenant.

Master Joshua Sinclair se vit encombré d'un tel arrivage de fragments de mica, de morceaux de roche contenant un pourcentage infinitésimal de métaux précieux qu'il commençait à se faire une opinion très défavorable des aptitudes du jeune homme au travail des mines.

On assure même qu'Abe s'en alla un matin vers la maison, un sourire d'espoir sur les lèvres, et qu'après s'être fouillé, il tira du creux de son tricot une moitié de brique, en faisant la remarque toute stéréotypée : « qu'à la fin il avait donné le coup de pic au bon endroit, et qu'il était venu, comme ça, faire un tour, et se faire donner une estimation en chiffre ».

Toutefois, comme cette anecdote n'a pas d'autre fondement que l'assertion toute gratuite de Jim Struggles, le loustic du camp, il peut se faire que les détails n'en soient pas d'une rigoureuse exactitude.

VI

Ce qui est certain, c'est que soit par suite de ses visites professionnelles de la matinée, soit de celles qu'il faisait le soir comme voisin, le gigantesque mineur était devenu un des êtres familiers du petit salon, dans la villa des Azalées, ainsi que se dénommait somptueusement la maison neuve de l'essayeur.

Il se risquait rarement à prendre la parole en présence de la jeune personne qui l'occupait. Il se bornait à rester assis tout à fait au bord de sa chaise, dans un état d'admiration muette, pendant qu'elle tapotait un air très dansant sur le piano récemment importé.

Et ses pieds l'entraînaient dans maints endroits étranges, inattendus.

Miss Carrie en était venue à croire que les jambes d'Abe agissaient d'une façon tout à fait indépendante du reste de son corps.

Elle avait renoncé à se rendre compte pour quoi elle les rencontrait à un bout de la table, pendant que leur propriétaire était à l'autre bout, et s'excusait.

Il n'y avait qu'un nuage à l'horizon mental du brave « Les Os », c'était l'apparition périodique de Tom Ferguson le Noir, du bac de Rochdale.

Ce jeune et rusé chenapan avait réussi à s'insinuer dans les bonnes grâces du vieux Joshua, et il faisait de très fréquentes visites à la villa.

Des bruits fâcheux couraient au sujet de Tom le Noir.

À l'Écluse de Harvey, on n'est guère porté à la censure et pourtant on y sentait généralement que Ferguson était un homme à éviter.

Il y avait néanmoins dans ses manières un élan téméraire, dans sa conversation un pétillement qui charmaient d'une façon irrésistible.

Le patron lui-même, si difficile en pareilles matières, en vint à cultiver sa société, tout en se faisant une idée exacte de son caractère. Miss Carrie parut accueillir sa venue comme un soulagement.

Elle jasait pendant des heures à propos de livres, de musique, et des plaisirs de Melbourne.

Dans de telles occasions, le pauvre « Les Os » tombait au fin fond des abîmes du découragement ou bien s'esquivait, ou restait à jeter sur son rival des regards empreints d'une malveillance sincère qui paraissaient divertir beaucoup ce gentleman.

Le mineur ne tint point secrète pour son associé l'admiration qu'il éprouvait pour miss Sinclair.

S'il était silencieux lorsqu'il se trouvait avec elle, il se montrait prodigue de paroles, lorsqu'il était question d'elle dans la conversation.

S'il y avait des flâneurs sur la route de Buckhurst, ils purent entendre au haut de la côte une voix de stentor lançant à toute volée un chapelet des charmes féminins.

Il soumit ses embarras à l'intelligence supérieure du Patron.

— Ce fainéant de Rochdale, disait-il, on dirait que ça lui est naturel de dégoiser ainsi. Quant à moi, quand il s'agirait de ma vie, je ne trouve pas un mot. Dites-moi, patron, qu'est-ce que vous diriez à une demoiselle comme celle-là ?

— Eh bien, je lui parlerais des choses qui l'intéressent, dit son compagnon.

— Ah ! oui, voilà le difficile.

— Parlez-lui des habitudes de l'endroit et du pays, dit le Patron ! en aspirant d'un air méditatif une bouffée de sa pipe. Racontez-lui des histoires de ce que vous avez vu dans les mines, des choses de ce genre.

— Eh ! vous feriez ça, vous ? lui répondait son compagnon un peu encouragé. Si c'est de là que ça dépend, je suis son homme. Je vais aller là-bas maintenant, je lui parlerai de Chicago Bill, et je lui conterai comment il mit deux balles dans un homme, au tournant de la route, le soir du bal.

Le Patron Morgan éclata de rire :

— Ce ne serait guère à propos, dit-il. Si vous lui racontiez cela, vous lui feriez peur. Dites-lui quelque chose de plus léger, voyez-vous, quelque chose qui l'amuse, quelque chose de plaisant.

— De plaisant ? dit l'amoureux inquiet, d'un ton moins confiant. Comment vous et moi nous avons enivré Mat Roulahan, et l'avons mis dans la chaire du ministre à l'église baptiste, et comme quoi, le matin, il refusa de laisser entrer le prédicateur. Quel effet ça ferait-il ? Hein ?

– Au nom du ciel, dit son mentor tout consterné, n'allez pas lui raconter de ces sortes d'histoires. Elle n'adresserait plus la parole à vous ni à moi. Non, ce que je veux dire, ce serait de lui parler des habitudes des mines, de la façon dont on y vit, dont on y travaille, dont on y meurt. Si c'est une jeune fille sensée, cela devrait l'intéresser.

– Comment on vit dans les mines ? Camarade, vous êtes bon pour moi. Comment on vit. Voilà de quoi je peux parler avec autant d'entrain que Tom le Noir, que le premier venu. J'en ferai l'essai sur elle la première fois que je la verrai.

– À propos, dit son associé d'un air indifférent, ayez l'œil sur cet individu, ce Ferguson. Il n'a pas les mains très pures, vous savez, et il ne s'embarrasse guère de scrupules quand il a quelque chose en vue. Vous vous rappelez Dick Williams, de la Ville anglaise, qu'on a trouvé mort dans la brousse. On dit pourtant que Tom le Noir lui devait bien plus d'argent qu'il n'eut pu jamais lui en payer. Il y a une ou deux choses singulières sur son compte. Ayez l'œil sur lui, Abe, faites attention à ses actes.

– Je le ferai, dit son compagnon.

Et il le fit.

Il l'épia ce même jour.

Il le vit sortir à grands pas de la maison de l'essayeur, la colère et l'orgueil déçu se manifestant dans les moindres détails de sa belle figure d'un brun foncé.

Il le vit franchir d'un bond la palissade du jardin, suivre à longues et rapides enjambées les flancs de la vallée, tout en gesticulant avec fureur, pour disparaître ensuite dans les profondeurs de la brousse.

Tout cela, Abe Durton le vit, et ce fut l'air pensif qu'il ralluma sa pipe et regagna lentement sa cabane au sommet de la côte.

VII

Mars tirait à sa fin.

À l'Écluse de Harvey l'éclat aveuglant et la chaleur d'un été des antipodes s'étaient adoucis pour laisser paraître les teintes riches et si bien fondues de l'automne.

Cette localité n'a jamais été agréable à voir.

Il y avait je ne sais quoi de désespérément prosaïque dans ces deux crêtes dentelées, affaiblies, perforées par la main des hommes, avec les bras de fer des treuils, avec les seaux brisés se montrant de toutes parts à travers les innombrables petits tertres de terre rouge.

En bas, l'axe de la vallée était parcouru par la route de Buckhurst, aux profondes ornières, qui faisait ses tours et détours, longeant et franchissant le ruisseau de Harper au moyen d'un pont de bois vermoulu.

Au delà de ce pont se voyait le petit groupe de huttes, avec le Bar Colonial et l'Épicerie dominant de toute la majesté de leur crépissage les humbles demeures d'alentour.

La maison à véranda de l'essayeur s'élevait au-dessus des excavations du côté de la pente qui faisait face à ce spécimen d'architecture menaçant ruine, au sujet duquel notre ami Abe montrait une fierté si peu justifiée.

Il y avait un autre édifice susceptible de figurer dans la classe de ceux qu'un habitant de l'Écluse aurait pu qualifier d' « Édifices publics » en le désignant par un mouvement de la main qui tenait sa pipe, comme s'il avait évoqué une perspective indéfinie de colonnades et de minarets.

C'était la chapelle baptiste, une modeste construction couverte en bardeaux, située près d'un coude de la rivière, à environ un mille en amont du camp.

C'est de là que la ville paraissait sous son aspect le plus avantageux, les contours durs et la crudité des couleurs étant un peu adoucis par l'éloignement.

Ce matin-là, le ruisseau avait l'air joli, avec ses méandres dans la vallée ; joli aussi le long plateau qui s'élevait à l'arrière-plan, avec son vêtement de luxuriante verdure ; mais ce qu'il y avait là de plus joli, ce fut miss Sinclair, lorsqu'elle posa à terre le panier de fougères qu'elle rapportait et s'arrêta au point culminant de la montée.

On eût dit que tout n'allait pas au gré de cette jeune personne.

Elle avait dans la physionomie une expression d'inquiétude qui contrastait étrangement avec son air habituel de piquante insouciance.

Quelque ennui récent avait laissé ses traces sur elle.

Peut-être était-ce pour le dissiper par une promenade, qu'elle était allée errer par la vallée.

En tout cas il est certain qu'elle respirait les fraîches brises des bois comme si leur arôme résineux lui faisait l'effet de quelque antidote contre la souffrance humaine.

Elle resta quelque temps à contempler le panorama qui s'étendait devant elle.

De là elle pouvait apercevoir la maison paternelle, petite tache blanche à mi-côte et cependant, chose assez étrange, ce qui semblait attirer surtout son attention, c'était une bande de fumée bleue qui montait du versant opposé.

Elle restait là, à regarder, la curiosité dans ses yeux couleur de noisette.

Alors on eût dit que l'isolement de sa situation la frappait.

Elle éprouva un de ces accès violents de terreur inconsciente auxquels sont sujettes les femmes les plus courageuses.

Des histoires d'indigènes, de coureurs de la brousse, de leur audace et de leur cruauté passèrent dans son esprit comme des éclairs.

Elle considéra la vaste et mystérieuse étendue de la brousse qui se déployait près d'elle, puis se baissa pour ramasser son panier, dans l'intention de regagner au plus vite la route, dans la direction des tranchées de mines.

Elle tressaillit et eut de la peine à retenir un cri en voyant un long bras à manche de chemise rouge apparaître derrière elle et lui prendre son panier dans ses propres mains.

L'individu, qui se présentait à ses yeux, eût paru à certaines gens peu fait pour dissiper ses craintes.

Les grandes bottes, la grossière chemise, la large ceinture garnie de ses armes de mort, tout cela, sans doute, était trop familier à miss Carrie pour lui causer de la frayeur, et quand elle vit au-dessus de ces objets une paire d'yeux bleus la regarder avec tendresse, et un sourire assez timide qui se dissimulait sous une épaisse moustache blonde, elle comprit que pendant tout le reste de sa promenade, coureurs de brousse et indigènes seraient également hors d'état de lui faire aucun mal.

– Oh ! monsieur Durton, dit-elle, comme vous m'avez surprise !

– J'en suis fâché, miss, dit Abe, tout tremblant d'avoir causé à son idole un seul instant d'inquiétude.

– Vous voyez, reprit-il avec une ruse naïve, comme il faisait beau temps et que mon associé est parti pour prospecter, j'ai cru que je pouvais me permettre une promenade à Hagley Hill, en revenant par la grande courbe, et voilà que je vous trouve, par hasard, par pur hasard, debout sur cette côte.

Le mineur débita avec une grande volubilité ce mensonge effronté.

Il y avait dans le ton de sa voix une franchise si bien imitée qu'elle décelait immédiatement la supercherie.

« Les Os », l'avait composée et apprise par cœur tout en suivant la trace laissée dans l'argile par les petites bottines, et regardait son invention comme le dernier mot de l'ingéniosité humaine.

Miss Carrie ne jugea pas à propos de risquer une observation, mais il brillait dans ses yeux une expression d'amusement qui intrigua son amoureux.

Abe était fort en train ce matin-là.

Était-ce l'effet du beau soleil, était-ce la hausse rapide des actions dans le Conemara qui lui rendait le cœur si léger ?

Je suis cependant porté à croire que ce n'était ni l'une ni l'autre des deux causes.

Si simple qu'il fût, la scène dont il avait été témoin la veille ne pouvait l'amener qu'à une seule conclusion.

Il se voyait descendant à pas rapides la vallée en des circonstances analogues, et il avait dans le cœur de la pitié pour son rival.

Il se sentait parfaitement certain que cette figure de mauvaise augure, ce M. Thomas Ferguson, du gué de Rochdale, ne se montrerait plus dans l'enceinte de la Villa des Azalées.

Alors pourquoi l'avait-elle renvoyé ?

Il était beau, il était fort à son aise.

Se pouvait-il que… ?

Non, c'était impossible, naturellement, c'était impossible ? Comment la chose eût-elle été possible ?

Cette idée-là était ridicule, d'un ridicule tel qu'elle avait fermenté toute la nuit dans le cerveau du jeune homme, qu'il n'avait pu s'empêcher d'y réfléchir toute la matinée et de la porter avec lui dans son âme agitée.

Ils descendirent ensemble le sentier de terre rouge, puis suivirent le bord du ruisseau.

Abe était retombé dans le silence qui était son état normal.

Il avait fait un effort courageux pour tenir bon sur le terrain des fougères, se sentant encouragé par le panier qu'il tenait à la main, mais ce n'était point un sujet passionnant, et après une série d'efforts décroissants, il avait abandonné sa tentative.

Pendant qu'il avait fait le trajet, il s'était senti l'esprit plein d'anecdotes piquantes, d'observations plaisantes.

Il avait repassé un nombre infini de remarques qu'il devait conter à miss Sinclair si capable de les apprécier. Mais à ce moment-là, on eût dit que le vide s'était fait dans son cerveau et qu'il n'y restait plus trace d'aucune idée, si ce n'est une tendance folle et irrésistible de faire des commentaires sur la chaleur que donnait le soleil.

Jamais astronome ne fut si occupé du calcul d'une parallaxe et si complètement absorbé par ses pensées sur la constitution des corps célestes, que l'était le brave « Les Os » pendant qu'il suivait le cours paresseux de la rivière australienne.

Soudain, son entretien avec son associé lui revint à l'esprit.

Qu'avait-il donc dit le Patron ? « Donne-lui les détails sur le genre de vie des mineurs ». Il tourna et retourna mentalement la chose.

C'était, semblait-il, un singulier sujet de conversation. Mais le Patron l'avait affirmé, et le Patron avait toujours raison.

Il ferait le saut.

Il commença donc, en bredouillant après une toux préliminaire.

– Les gens de la vallée se nourrissent surtout de lard et de pois.

Il lui fut impossible de juger de l'effet produit sur sa compagne par cette communication.

Il était de trop haute taille pour pouvoir regarder par dessous le petit chapeau de paille.

Elle ne répondit pas.

Il ferait une nouvelle tentative.

– Du mouton, le dimanche, dit-il.

Même cette nouvelle ne produisit aucun enthousiasme.

Elle avait même l'air de rire.

Évidemment le Patron s'était trompé. Le jeune homme était au désespoir.

La vue d'une cabane en ruine au bord du sentier fit éclore une idée nouvelle.

Il s'y raccrocha comme un homme qui se noie se raccroche à un fétu.

– C'est Cockney Jack qui l'a bâtie.

– De quoi est-il mort ? demanda sa compagne.

– Du brandy marque trois étoiles, dit Abe, d'un ton décidé. J'avais l'habitude de venir m'y asseoir, et de rester près de lui, quand il était pris. Pauvre garçon ! il avait une femme et deux enfants à Putney. Il délirait, il m'appelait Polly pendant des heures. Il était rincé à fond. Il ne lui restait plus un rouge liard, mais les camarades récoltèrent assez d'or brut pour lui faire des funérailles. Il est enterré dans cette fosse que voilà. C'était son claim. Nous n'avons eu qu'à l'y descendre et à combler le trou. Nous y avons mis aussi son pic, une pelle et un seau, de sorte qu'il se sentira un peu plus à l'aise et chez lui.

Miss Carrie paraissait plus intéressée maintenant.

– Est-ce qu'il en meurt beaucoup de cette façon ? demanda-t-elle.

– Ah ! oui, le brandy en tue beaucoup, mais il y en a davantage qui sont descendus… tués d'une balle, vous savez.

– Ce n'est pas ce que je veux dire. Est-ce qu'il y a beaucoup de gens qui meurent ainsi dans la misère et la solitude, sans que personne soit là pour s'occuper d'eux ?

Et elle indiqua du doigt le groupe de maisons qui se trouvait en bas, devant eux.

– Y a-t-il quelqu'un qui soit maintenant en train de mourir ? C'est une chose terrible.

– Il n'y a personne qui soit présentement sur le point de casser son pic.

– Je vous demanderai, monsieur Durton, de ne pas employer tant d'expressions d'argot, dit Carrie en le regardant de ses yeux violets.

C'était étonnant à quel point cette jeune personne arrivait peu à peu à prendre des airs de propriétaire à l'égard de son gigantesque compagnon.

– Vous savez que ce n'est pas poli. Il faut vous procurer un dictionnaire, et apprendre les termes propres.

– Mais, dit « Les Os » d'un ton d'excuse, c'est justement le terme propre : quand vous n'êtes pas en mesure d'avoir un perforateur à vapeur, il faut vous résigner à employer le pic.

– Oui, mais c'est chose facile si vous y mettez de la bonne volonté. Vous pourriez dire qu'un homme est « mourant », ou « moribond », si vous aimez mieux.

– C'est ça, dit le mineur enthousiasmé. Moribond ! en voilà un mot. Vous pourriez damer le pion au patron Morgan en fait de mots. Moribond : voilà un mot qui sonne bien !

Carrie se mit à rire.

– Ce n'est pas au son que vous devez songer ; il faut vous demander si le mot exprime bien votre pensée. Pour parler sérieusement, monsieur Durton, si quelqu'un tombait malade dans le camp, il faut que vous m'en informiez. Je sais donner des soins et je peux rendre quelques services. Vous le ferez, n'est-ce pas ?

Abe y consentit avec empressement, et, retombant dans le silence, il réfléchit à la possibilité de s'inoculer quelque maladie longue et ennuyeuse.

On avait parlé à Buckhurst d'un chien enragé. Il y aurait peut-être moyen d'en tirer parti.

– Et maintenant, il faut que je vous dise bonjour, dit Carrie, quand on fut arrivé à un endroit où un sentier faisant le crochet partait de la route pour aboutir à la Villa des Azalées. Je vous remercie infiniment de m'avoir escortée.

Abe demanda en vain qu'on lui permît de faire les cent yards de plus, et employa en vain l'argument écrasant du mignon petit panier qu'il s'offrait à porter.

La jeune personne fut inexorable : elle l'avait déjà trop éloigné de son chemin.

Elle en était confuse ; elle ne voulut rien entendre.

Le pauvre « Les Os » dut donc s'en aller, éprouvant un mélange confus de sentiments.

Il l'avait intéressée. Elle lui avait parlé avec bonté. Mais elle l'avait renvoyé avant que cela fût indispensable.

Si elle avait agi ainsi, c'est qu'elle ne se souciait pas beaucoup de lui.

Je crois pourtant qu'il se serait senti un peu plus de courage, s'il avait vu miss Sinclair pendant que, debout à la grille du jardin, elle le regardait s'éloigner, ayant une expression affectueuse sur sa figure mutine, et un sourire plein de malice, à le voir partir la tête penchée, l'air découragé.

VIII

Le Bar Colonial était le rendez-vous favori des habitants de l'Écluse de Harvey pendant leurs moments de loisir.

Il y avait eu une vive concurrence entre ce Bar et l'établissement rival appelé L'Épicerie, et qui, en dépit de son innocente dénomination, aspirait à vendre aussi des rafraîchissements spiritueux.

L'introduction de chaises dans ce dernier avait fait apparaître dans le premier un divan. Des crachoirs furent introduits au Bar, le jour où un tableau fit son entrée à l'Épicerie, et alors, comme le dirent les clients, la première manche fut gagnée.

Toutefois, l'Épicerie ayant arboré des rideaux, pendant que son concurrent inaugurait un cabinet particulier et un miroir, il fut décidé que ce dernier avait gagné la partie, et l'Écluse de Harvey montra combien elle appréciait le zèle du propriétaire en retirant sa clientèle à son adversaire.

Bien que le premier venu eût le droit de s'aventurer dans le Bar et de se prélasser sous le papillotement de ses bouteilles aux couleurs variées, il était admis tacitement, mais généralement, que le cabinet particulier ou boudoir était réservé à l'usage des citoyens les plus en vue.

C'était dans cette pièce que se réunissaient les comités, qu'étaient conçues et mises au monde d'opulentes compagnies, que se faisaient ordinairement les enquêtes.

Cette dernière cérémonie, j'ai le regret de le dire, était assez fréquente à l'Écluse, vers 1861, et les conclusions du coroner se faisaient parfois remarquer par une saveur et une originalité fort piquantes.

Pour n'en citer qu'un exemple, quand Burke le Pourfendeur, un bandit de notoriété, fut abattu d'un coup de feu par un jeune médecin aux façons tranquilles, un jury sympathique déclara : « que le défunt avait rencontré la mort dans une tentative imprudente qu'il avait faite pour arrêter dans son trajet une balle de pistolet ».

Dans le camp, on regarda ce verdict comme un chef-d'œuvre de jurisprudence, en ce qu'il déchargeait le coupable, tout en respectant rigoureusement, incontestablement, la vérité.

Ce soir-là, il y avait dans le petit salon une réunion de notabilités, quoiqu'elles n'y eussent point été amenées par une cérémonie pathologique de ce genre.

Il était survenu en ces derniers temps maints changements qui méritaient discussion et c'était dans cette pièce, somptueusement meublée d'un divan et d'un miroir, que l'Écluse de Harvey avait coutume d'échanger ses idées.

Les habitudes de propreté, qui commençaient à s'établir dans la population, causaient encore quelque agitation dans les esprits de plusieurs.

Puis, il y avait des commentaires à faire sur miss Sinclair, ses allées et venues, sur le filon riche du Conemara, sur les bruits récents relatifs aux coureurs de la Brousse.

Il n'y avait donc rien d'étonnant à ce que les notables de la ville se fussent réunis au Bar Colonial.

Les coureurs de la Brousse étaient en ce moment-là l'objet de la discussion.

Depuis quelques jours, on parlait de leur présence et la colonie éprouvait un sentiment de malaise.

La crainte physique est chose peu connue à l'Écluse de Harvey.

Les mineurs se seraient mis en campagne pour faire une chasse à mort aux brigands et ils s'y seraient livrés avec autant d'entrain que s'il s'était agi de tuer un même nombre de Kangourous.

Ce qui causait leur inquiétude, c'était la présence d'une grande quantité d'or dans la ville.

Ils étaient décidés à mettre en sûreté à tout prix le fruit de leur travail.

Des messages avaient été envoyés à Buckhurst pour faire venir tous les soldats disponibles.

En attendant, la rue principale de l'Écluse était parcourue chaque nuit par des patrouilles de bonne volonté.

La panique avait augmenté de nouveau à la suite des nouvelles rapportées le jour même par Jim Struggles.

Jim était d'un caractère ambitieux et entreprenant, et après avoir passé quelque temps à considérer avec dégoût le résultat de son travail de la dernière semaine, il avait secoué, métaphoriquement s'entend, la poussière de l'argile de l'Écluse et était parti pour les bois dans l'intention de prospecter aux environs jusqu'à ce qu'il trouvât un endroit à sa convenance.

Jim racontait qu'étant assis sur un tronc d'arbre tombé et en train de prendre son repas de midi, composé de liquide et de lard rance, son oreille exercée avait perçu le bruit de sabots de chevaux.

Il avait eu à peine le temps de s'allonger à terre derrière l'arbre qu'une troupe de cavaliers traversa le bois et passa à un jet de pierre de lui.

– Il y avait là Bill Smeaton et Murphy Duff, dit-il.

C'étaient les noms de deux bandits bien connus.

– Il y en avait trois autres que je n'ai pas très bien vus. Ils ont pris la piste de droite. Ils avaient l'air d'être partis en expédition pour tout de bon, leurs fusils en main.

Jim fut soumis ce soir-là à un interrogatoire minutieux, mais rien ne put le faire varier dans sa déposition ni ajouter quelque clarté à ce qu'il avait vu.

Il raconta l'histoire plusieurs fois et à de longs intervalles, mais bien qu'il y eut peut-être d'agréables variations dans les détails, les faits essentiels restaient toujours les mêmes.

La chose commençait à prendre une tournure sérieuse.

Il y en eut toutefois qui exprimèrent bruyamment leurs doutes au sujet de l'existence de coureurs de la brousse.

Parmi ceux qui se firent ainsi le plus remarquer, était un jeune homme, perché sur un baril, au milieu de la pièce.

C'était évidemment un des membres influents de la population.

Nous avons déjà vu cette chevelure noire et bouclée, cet œil sans éclat, cette lèvre cruelle, chez Tom Ferguson le Noir, prétendant évincé de miss Sinclair.

Il était aisé de le distinguer du reste de l'assemblée, grâce à son complet à carreaux et à d'autres indices d'un caractère efféminé, que fournissait son costume et qui auraient pu lui procurer une fâcheuse réputation ; mais, comme l'associé d'Abe, il s'était fait de bonne heure connaître pour un homme capable de tout sans en avoir l'air.

Dans la circonstance actuelle, il paraissait être jusqu'à un certain point sous l'influence de la boisson, fait fort rare chez lui, et qu'il fallait probablement mettre sur le compte de son échec récent.

Il mettait un véritable emportement à combattre Jim Struggles et son récit.

– C'est toujours la même chose, disait-il, qu'un homme rencontre dans la forêt quelques voyageurs, il n'en faut pas davantage pour qu'il perde la tête et vienne raconter des histoires de coureurs de la brousse. S'ils avaient aperçu Jim Struggles en cet endroit, ils seraient partis avec des histoires à n'en plus finir, d'un coureur de brousse vu par eux derrière un arbre. Quant à reconnaître des hommes qui vont à cheval, et vite, parmi des troncs d'arbres, c'est une impossibilité.

Mais Struggles s'obstinait à soutenir sa première assertion, et les sarcasmes, les arguments se brisaient sur l'épaisseur invulnérable de sa placidité.

On remarqua que Ferguson avait l'air singulièrement ennuyé de toute cette affaire.

On eût dit aussi que quelque chose pesait sur son esprit, car de temps à autre il se levait brusquement, arpentait la pièce en long et en large, sa figure brune animée d'une expression très menaçante.

Tous éprouvèrent un vrai soulagement, quand il prit brusquement son chapeau, et disant sèchement bonsoir à la compagnie, il sortit, traversa le bar et s'en alla par la rue.

– Il a l'air comme qui dirait désappointé, dit Mac Coy le Long.

– Il ne peut pas avoir peur des coupeurs de la brousse, assurément, dit Joe Shamees, autre personnage d'importance et principal actionnaire de l'Eldorado.

– Non, ce n'est pas un homme à avoir peur, répondit un autre. Voici un jour ou deux qu'il a l'air tout singulier. Il fait de longues tournées dans les bois sans emporter aucun outil. On dit que la fille de l'essayeur l'a envoyé promener.

– Elle a parfaitement bien fait. Elle est bien trop jolie pour lui, remarquèrent plusieurs voix.

– Ce serait bien drôle qu'il n'eut pas un autre tour dans son sac. C'est un homme difficile à battre quand il s'est mis quelque chose en tête.

– Abe Durton est le cheval gagnant, remarqua Houlahan, un petit Irlandais barbu. Je parie sept contre quatre pour lui.

– Vous tenez donc bien à perdre votre argent, l'ami, dit un jeune homme en riant. Il lui faut un homme qui eût plus de cervelle que « Les Os » n'en eut jamais. Voulez-vous parier ?

– Qui a vu « Les Os » aujourd'hui ? demanda Mac Coy.

– Je l'ai vu, dit le jeune mineur. Il allait de tous côtés, demandant un dictionnaire. Probablement il avait une lettre à écrire.

– Je l'ai vu en train de le lire, dit Shamees. Il est venu me trouver et m'a dit qu'il avait trouvé du premier coup quelque chose de bon. M'a montré un mot presque aussi long que votre bras… abdiquer… quelque chose dans ce genre.

– C'est aujourd'hui un richard, je suppose, conclut l'Irlandais.

– Oui, il a presque fait son magot. Il possède cent pieds dans le Conemara et les actions montent d'heure en heure. S'il vendait, il serait en état de retourner au pays.

– Je parie qu'il compte emmener quelqu'un au pays avec lui, dit un autre. Le vieux Joshua ne ferait pas de difficulté, vu que l'argent est là.

Je crois avoir déjà rapporté dans ce récit que Jim Struggles, le prospecteur ambulant, s'était fait la réputation d'homme spirituel du camp.

Il avait conquis cette réputation non seulement par ses propos légers et plaisants, mais encore par la conception et l'exécution de farces plus compliquées.

Son aventure du matin avait causé une certaine stagnation dans le cours habituel de son humour, mais la société et la boisson le remettaient peu à peu dans un état plus gai.

Depuis le départ de Ferguson, il avait couvé en silence une idée, qu'il se disposait à exposer à ses compagnons attentifs.

– Dites donc, les enfants, commença-t-il, quel jour sommes-nous ?

– Vendredi, n'est-ce pas ?

– Non, non, pas ça ; quel jour du mois ?

– Le diable m'emporte si je le sais.

– Eh bien ! je vais vous le dire. Nous sommes au premier avril. J'ai trouvé dans la cabane un calendrier qui le dit.

– Qu'est-ce que ça fait ? firent plusieurs voix.

– Eh bien, ne le savez-vous pas ? C'est le jour des farces. Ne pourrions-nous pas en arranger une pour quelqu'un ? Ne pourrions-nous pas nous en divertir un peu ? Eh bien, voilà le vieux « Les Os » par exemple, il ne se méfiera de rien. Ne pourrions-nous pas le faire aller quelque part et le regarder marcher. Nous aurions ensuite de quoi le blaguer pendant un grand mois.

Il y eut un murmure général d'assentiment.

Une farce, si piteuse qu'elle fût, était toujours bienvenue à l'Écluse.

Plus l'esprit en était pataud, plus elle était appréciée. Dans les fosses d'exploitation, on ne va point jusqu'à une délicatesse morbide de sensation.

– Où l'enverrons-nous ? se demanda-t-on.

Depuis un instant, Jim Struggles était plongé dans ses pensées.

Puis une inspiration sacrilège parut lui venir.

Il partit d'un bruyant éclat de rire, se frotta les mains entre les genoux tant il était content.

– Eh bien ! Qu'est-ce que c'est ? demanda l'auditoire empressé.

– Voici, les enfants. Voilà miss Sinclair. Vous disiez qu'Abe en est fou. Vous pensez bien qu'elle ne fait pas grand cas de lui. Supposez que nous lui écrivions un billet, que nous le lui envoyions ce soir, voyez-vous.

– Eh bien, quoi alors ? dit Mac Coy.

– Eh bien, on dirait que le billet vient d'elle. On mettrait son nom en bas. On mettrait qu'elle veut le voir et qu'elle lui donne un rendez-vous à minuit dans le jardin. Il ne manquera pas d'y aller. Il croira qu'elle veut se sauver avec lui. Ce sera la plus belle farce jouée cette année.

Éclat de rire général.

L'évocation de ce tableau : l'honnête « Les Os » faisant le pied de grue au clair de lune dans le jardin et le vieux Joshua sortant pour le réprimander, un fusil à deux coups à la main : c'était d'un comique irrésistible.

Le plan fut approuvé à l'unanimité.

– Voici un crayon, et voici du papier, dit l'humoriste. Qui est-ce qui va écrire la lettre ?

– Écrivez-la vous-même, Jim, dit Shamees.

– Bon, qu'est-ce que je dirai ?

– Dites ce qui vous paraîtra convenable.

– Je ne sais pas comment elle s'exprimerait, dit Jim en se grattant le front, fort perplexe. Il est vrai que « Les os » ne s'apercevra pas de la différence. Et ceci fera-t-il l'affaire : « Cher vieux, venez ce soir à minuit, au jardin. Autrement je ne vous adresserai plus la parole. » Hein ?

– Non, ce n'est pas le style qu'il faut, dit le jeune mineur. Rappelez-vous que c'est une demoiselle qui a reçu de l'éducation... Faut mettre ça comme qui dirait dans un genre fleuri, bien tendre.

– Eh bien, écrivez ça vous-même, dit Jim sur un ton maussade en lui faisant passer le crayon.

– Voici ce qu'il faut, dit le mineur en mouillant la pointe avec ses lèvres : « Quand la lune est dans le ciel... »

– C'est bien ça, c'est magnifique, fit l'assistance.

– « Et que les étoiles envoient leur éclat brillant, venez, oh ! venez me trouver, Adolphus, à la porte du jardin, à minuit. »

– Il ne s'appelle pas Adolphus, objecta un critique.

– C'est comme ça qu'on fait en poésie, dit le mineur ; c'est comme qui dirait fantastique, voyez-vous. Ça vous a un autre son que Abe. Rapportez-vous en à lui pour deviner ce que ça veut dire. Je vais signer ça Carrie. Voilà !

Cette épître passa gravement de main en main et fit le tour de la chambre.

On la contempla avec le respect dû à une production aussi remarquable du cerveau de l'homme.

Elle fut ensuite pliée et confiée aux soins d'un petit garçon, qui reçut, avec accompagnement de terribles menaces, l'ordre de la porter à la cabane et de s'esquiver avant qu'on eût le temps de lui poser des questions embarrassantes.

Ce fut seulement quand il eut disparu dans l'obscurité qu'un peu, bien peu de componction se fit jour dans l'âme d'un ou deux assistants.

– Et n'est-ce pas jouer un assez vilain tour à la demoiselle ? dit Shamees.

– Et se montrer assez cruel pour le vieux « Les Os », suggéra un autre.

Mais la majorité passa outre à ces objections, qui furent noyées complètement sous une nouvelle tournée de whisky.

L'on ne songeait presque plus à la chose au moment où Abe reçut la missive et se mit à l'épeler, le cœur palpitant, à la lueur de sa chandelle solitaire.

IX

Cette nuit-là a laissé un long souvenir à l'Écluse de Harvey.

Une brise capricieuse descendait des montagnes lointaines, en gémissant et soupirant sur les claims déserts.

Des nuages noirs passaient rapidement sur la lune, jetant leur ombre sur le paysage terrestre et ensuite laissant reparaître la lueur argentée, froide, claire, sur la petite vallée, baignant d'une lumière étrange, mystérieuse, la vaste étendue de la brousse qui se développait des deux côtés.

Une grande solitude semblait reposer sur la face de la Nature.

Les gens se rappelèrent plus tard cette atmosphère fantastique, magique, qui enveloppait la petite ville.

Il faisait très noir, quand Abe quitta sa petite cabane.

Son associé, le patron Morgan, était encore absent, resté dans la brousse, de sorte qu'à part la toujours vigilante Blinky, il n'y avait pas un être vivant qui pût épier ses allées et venues.

Il éprouvait une douce surprise, en son âme simple, à songer que les doigts mignons de son ange avaient pu tracer ces grands hiéroglyphes alignés, mais le nom était au bas, et cela lui suffisait.

Elle le demandait. Peu importait pourquoi ; et ce rude mineur partait à l'appel de son amour, avec l'héroïsme d'un chevalier errant.

Il gravit tant bien que mal la route montante et tortueuse qui conduisait à la villa des Azalées.

Un petit massif d'arbrisseaux et de buisson se dressait à environ cinquante yards de l'entrée du jardin.

Abe s'y arrêta un instant pour reprendre sa présence d'esprit.

Il était à peine minuit et il n'avait devant lui que quelques minutes. Il s'assit sous leur voûte sombre et épia la maison blanche qui se dessinait vaguement devant lui.

C'était une maisonnette bien simple aux yeux d'un prosaïque mortel, mais elle était enveloppée, pour ceux de l'amoureux, d'une atmosphère de respect et de vénération.

Le mineur, après cette station à l'ombre des arbres, se dirigea vers la porte du jardin.

Il n'y avait personne.

Évidemment il était venu un peu trop tôt.

À ce moment, la lune brillait de tout son éclat et l'on voyait les environs aussi clairement qu'en plein jour. Abe regarda de l'autre côté de la petite villa et vit la route, qui apparaissait comme une ligne blanche et tortueuse, jusqu'au sommet de la côte.

Si quelqu'un s'était trouvé là pour l'épier, il eût pu voir sa carrure d'athlète se dessiner nettement, en contour précis.

Alors il eut un mouvement brusque, comme s'il venait de recevoir une balle, et il chancela, s'appuya à la petite porte qui se trouvait près de lui.

Il avait vu une chose qui fit pâlir encore sa figure tannée par le soleil, et déjà pâlie à la pensée de la jeune fille qui était si près de lui.

À l'endroit même où la route faisait une courbe, et à moins de deux cents yards de distance, il voyait une masse noire se mouvant sur la courbe et perdue dans l'ombre de la colline.

Cela ne dura qu'un moment, mais ce moment suffit à son coup d'œil exercé de forestier, à sa rapidité de perception, pour se rendre compte de la situation dans tous ses détails.

C'était une troupe de cavaliers qui se dirigeaient vers la villa, et quels pouvaient être ces cavaliers nocturnes, sinon les gens qui terrifiaient le pays forestier, les redoutés coureurs de la brousse.

Abe était, il faut le dire, d'une intelligence lente et se mouvait lourdement dans les circonstances ordinaires.

Mais à l'heure du danger, il était aussi remarquable par son sang-froid et sa résolution que par sa promptitude à agir d'une manière décisive.

Tout en s'avançant à travers le jardin, il calcula les chances qu'il avait contre lui.

Selon l'évaluation la plus modérée, il avait une demi-douzaine d'adversaires, tous gens déterminés à tout et ne redoutant rien.

Il s'agissait de savoir s'il pourrait les tenir pendant un instant en échec et les empêcher de pénétrer par force dans la maison.

Nous avons déjà dit que des sentinelles avaient été postées dans la rue principale de la ville. Abe se dit qu'il arriverait de l'aide moins de dix minutes après le premier coup de feu.

S'il s'était trouvé dans l'intérieur de la maison, il aurait été sûr de tenir bon plus longtemps que cela. Mais les coureurs de la brousse arriveraient sur lui avant qu'il eût pu réveiller les habitants endormis et se faire ouvrir.

Il devait se résigner à faire de son mieux.

En tout cas, il prouverait à Carrie que s'il ne savait pas lui parler, il était du moins capable de mourir pour elle.

Cette idée fit passer en lui une vraie flamme de plaisir, pendant qu'il rampait dans l'ombre de la maison.

Il arma son révolver : l'expérience lui avait appris l'avantage d'être le premier à tirer.

La route par laquelle arrivaient les coureurs de la brousse aboutissait à une porte de bois donnant sur le haut du petit jardin de l'essayeur.

Cette porte était flanquée à gauche et à droite d'une haute haie d'acacia, et s'ouvrait sur une courte allée bordée également d'une muraille infranchissable d'arbustes épineux.

Abe connaissait parfaitement la disposition des lieux.

À son avis, un homme résolu pouvait barrer le passage pendant quelques minutes, jusqu'au moment où les assaillants se feraient jour par quelque autre endroit et le prendraient par derrière.

En tout cas, c'était sa chance la plus favorable.

Il passa devant la porte de la façade, mais s'abstint de donner l'alarme.

Sinclair était un homme assez avancé en âge et ne pouvait lui être bien utile dans un combat désespéré comme celui auquel il s'attendait, et l'apparition de lumières dans la maison avertirait les brigands de la résistance qu'on se préparait à leur faire.

Ah ! que n'avait-il auprès de lui son associé, le patron, Chicago Bill, n'importe lequel des vaillants hommes qui auraient accouru à son appel et se seraient rangés à ses côtés en une pareille lutte !

Il fit demi-tour dans l'étroite allée.

Voici la porte de bois qu'il connaissait très bien, et là-haut, perché sur la traverse, un homme, dans une attitude languissante, balançait ses jambes, et épiait sur la route qui s'étendait devant lui ; c'était master John Morgan, celui-là même qu'Abe appelait du plus profond de son cœur.

Le temps manquait pour de longues explications.

En quelques mots hâtifs, le patron dit qu'en revenant de sa petite excursion, il avait croisé les coureurs de la brousse partis à cheval pour leur expédition ténébreuse.

Il avait surpris des propos qui lui avaient fait connaître le but.

En courant à toutes jambes, et grâce à sa connaissance du pays, il était parvenu à les devancer.

– Pas le temps de donner l'alarme, expliqua-t-il, tout haletant de son récent effort, il faut les arrêter nous-mêmes. Pas venu pour faire le galant… venu pour votre jeune fille… N'arriveront que par-dessus nos corps, « Les Os ».

Et après ces quelques mots jetés d'une voix entrecoupée, ces deux amis si étrangement assortis se donnèrent une poignée de main, échangèrent un regard de profonde affection pendant que la brise parfumée des bois leur apportait le bruit des pas des chevaux.

Il y avait six brigands en tout.

L'un d'eux, qui paraissait être le chef, marchait en avant.

Les autres venaient derrière, formant un groupe.

Arrivés devant la maison, ils mirent leurs chevaux à l'attache à un petit arbre, après quelques mots dits à voix basse par leur capitaine, et, s'avancèrent avec assurance vers la porte.

Le patron Morgan et Abe étaient accroupis dans l'ombre de la haie, tout au bout de l'allée.

Ils étaient invisibles pour les bandits, qui évidemment s'attendaient à ne rencontrer qu'une faible résistance dans cette maison isolée.

Comme l'homme de tête, qui s'était avancé, se tournait à moitié pour donner un ordre à ses camarades, les deux amis reconnurent le profil dur et la grosse moustache de Ferguson le Noir, le prétendant refusé par miss Carrie Sinclair.

L'honnête Abe jura mentalement que celui-là du moins n'arriverait pas vivant jusqu'à la porte.

Le bandit s'avança jusqu'à cette porte et mit la main sur le loquet.

Il sursauta en entendant une voix de stentor crier : « Arrière » du milieu des buissons.

En guerre, comme en amour, le mineur était homme peu bavard.

– On ne passe pas par ici, expliqua une autre voix au timbre d'une tristesse et d'une douceur infinie, ainsi qu'elle l'était toujours quand son possesseur avait le diable dans le corps.

Le coureur de la brousse reconnut cette voix : il se rappelait l'allocution prononcée d'une voix molle et languissante qu'il avait entendue dans la salle de billard des Armes de Buckhurst, allocution qui s'était terminée comme suit :

Le doux orateur s'était adossé à la porte, avait sorti un révolver et avait demandé à voir le filou qui aurait l'audace de se frayer un passage.

— C'est ce maudit imbécile de Durton, et son ami à la face blanche, dit-il.

Ces deux noms étaient fort connus à la ronde.

Mais les coureurs de la brousse étaient des hommes téméraires et décidés à tout.

Ils avancèrent en masse jusqu'à la porte.

— Débarrassez le passage, dit leur chef d'un ton farouche, à demi-voix, vous ne pouvez sauver la demoiselle. Allez-vous en sans une balle dans la peau, puisqu'on vous en laisse la chance.

Les associés répondirent par leur rire.

— Alors au diable ! avancez.

La porte s'ouvrit largement et la troupe tira une salve tout en poussant et fit un effort énergique pour pénétrer dans l'allée sablée.

Les revolvers firent un bruit joyeux dans le silence de la nuit entre les buissons, à l'autre bout.

Il était malaisé de tirer avec justesse dans les ténèbres.

Le second homme fit un bond convulsif en l'air et tomba la face en avant, les bras étendus. Il se tordit affreusement au clair de lune.

Le troisième fut touché à la jambe et s'arrêta.

Les autres en firent autant, par esprit d'imitation.

Après tout, la demoiselle n'était pas pour eux et ils mettaient peu d'entrain à la besogne.

Leur capitaine s'élança furieusement en avant, comme un courageux bandit qu'il était, mais il fut accueilli par un coup formidable que lui porta Abe, avec la crosse de son pistolet, coup lancé avec une telle violence qu'il recula en chancelant parmi ses compagnons, le sang ruisselant de sa mâchoire brisée, mis hors d'état de lancer un juron au moment même où il en sentait le besoin le plus urgent.

– Ne partez pas encore, dit la voix partant des ténèbres.

Mais ils n'avaient nullement l'intention de partir tout de suite.

Quelques minutes devaient s'écouler, ils le savaient, avant qu'ils eussent sur eux les gens de l'Écluse de Harvey.

Ils avaient encore le temps d'enfoncer la porte s'ils pouvaient venir à bout des défenseurs.

Ce que redoutait Abe se réalisa.

Ferguson le Noir connaissait la maison aussi bien que lui.

Il courut de toute sa vitesse le long de la haie. Les cinq hommes s'y frayaient passage à grand bruit partout où il paraissait y avoir une ouverture.

Les deux amis échangèrent un regard.

Leur flanc était tourné. Ils restèrent là, pareils à des gens qui connaissent le sort qui les attend et ne craignent pas de l'affronter.

Il y eut une mêlée furieuse de corps noirs au clair de lune, pendant qu'éclatait un cri sonore d'encouragement lancé par des voix connues.

Les farceurs de l'Écluse de Harvey se trouvaient en présence d'une situation bien plus extraordinaire que la mystification à laquelle ils venaient assister.

Les associés virent près d'eux des figures amies, Shamus, Struggles, Mac Coy.

Il y eut une reprise désespérée, un corps à corps décisif, un nuage de fumée d'où partaient des coups de feu, des jurons farouches et, quand il se dissipa, on vit une ombre noire s'enfuir toute seule pour sauver sa vie, en franchissant l'ouverture de la haie.

C'était le seul des coureurs de la brousse qui fût resté debout.

Mais les vainqueurs ne jetèrent aucun cri de triomphe.

Un silence étrange régna parmi eux, suivi d'un murmure compatissant, car en travers du seuil qu'il avait défendu si vaillamment, gisait le pauvre Abe, l'homme au cœur loyal et simple.

Il respirait péniblement, car une balle lui avait traversé les poumons.

On le porta dans la maison, avec tous les ménagements dont étaient capables ces rudes mineurs.

Il y avait là, j'en suis sûr, des hommes qui auraient voulu avoir reçu sa blessure, s'ils avaient pu ainsi gagner l'amour de cette jeune fille vêtue de blanc qui se penchait sur le lit taché de sang, et lui disait à demi-voix des paroles si douces et si tendres.

Cette voix parut le ranimer.

Il ouvrit ses yeux bleus, au regard de rêve, et les promena autour de lui : ils se portèrent sur cette figure.

– Perdu la partie, murmura-t-il, pardon, Carrie, morib…

Et, avec un sourire languissant, il se laissa aller sur l'oreiller.

X

Mais cette fois, Abe ne tint pas parole.

Sa robuste constitution intervint, et il triompha d'une blessure qui eût été mortelle pour un homme plus faible.

Faut-il l'attribuer à l'air balsamique des bois que la brise amenait par dessus des milliers de milles de forêt jusque dans la chambre du malade ; ou à la petite garde-malade qui le soignait avec une telle douceur ?

En tout cas nous savons qu'en moins de deux mois il avait vendu ses actions du Conemara et quitté pour toujours la petite cabane de la côte.

Peu de temps après, j'eus le plaisir de lire l'extrait d'une lettre écrite par une jeune personne du nom d'Amélie, à laquelle nous avons fait une allusion passagère au cours de notre récit.

Nous avons déjà enfreint le secret d'une épître féminine : aussi ne nous ferons-nous guère de scrupule de jeter un coup d'œil sur une autre épître :

« J'ai été l'une des demoiselles d'honneur, dit-elle, et Carrie paraissait charmante (mot souligné) sous le voile et les fleurs d'oranger.

« Quel homme ! Il est deux fois plus gros que votre Jack ! Il était bien amusant avec sa rougeur ; il a lâché le livre de prières. Et quand on lui a posé la question, il a répondu oui, d'une voix telle, que vous l'auriez entendu d'un bout à l'autre de George Street.

« Son témoin était charmant (mot souligné de deux traits), avec sa figure douce. Il était bien beau, bien gentil. Trop doux pour se défendre parmi ces rudes gaillards, j'en suis sûre. »

Il est, selon moi, parfaitement possible que quand les temps furent accomplis, miss Amélie se soit chargée de veiller elle-même sur notre ancien ami M. Jack Morgan, généralement connu sous le nom de Patron.

Il y a près du coude de la rivière un arbre qu'on montre en disant : c'est le gommier de Ferguson.

Il est inutile d'entrer dans des détails qui seraient répugnants.

La justice est brève et sévère dans les colonies qui débutent et les habitants de l'Écluse de Harvey étaient gens sérieux et pratiques.

L'élite de la société continue à se donner rendez-vous le samedi soir dans la chambre réservée du Bar Colonial.

En de telles circonstances, si l'on a un étranger ou un invité à régaler, on observe constamment le même cérémonial, qui consiste à remplir les verres en silence, à les frapper sur la table, puis, après avoir toussé, comme pour s'excuser, Jim Struggles s'avance et fait la narration du poisson d'avril et de la façon dont l'aventure se termina.

On est d'accord pour reconnaître qu'il s'en tire en véritable artiste, lorsque, parvenu au terme de son récit, il le conclut en balançant son verre en l'air, et disant :

– Maintenant, à la santé de Monsieur et Madame « Les Os ».

Manifestation sentimentale à laquelle l'étranger ne manquera pas d'applaudir, s'il est un homme avisé.